Gafi aux Jeux Olympiques

Danièle Fossette • Mérel

Rachid le timide

Mélanie la chipie

Pacha le chat

Pascale la géniale

Arthur le gros dur

Es-tu prêt pour une nouvelle aventure ? Eh bien, commençons !

Ah, j'y pense : les mots suivis d'un ☀ sont expliqués à la fin de l'histoire.

Le stade des Jeux Olympiques est rempli de monde.
Des sportifs venus de tous les pays défilent devant les spectateurs.

Gafi aux jeux Olympiques

Gafi porte le drapeau de la France.
Il est fier de son équipe!
– Nous sommes à la plus grande compétition du monde! J'ai un peu peur, dit Rachid.

– Moi aussi, répond Arthur.
– Ensemble, on est plus fort!
dit Gafi, très ému.
　Le public applaudit.

Les épreuves commencent.
Gafi encourage ses amis :
– Vous êtes les meilleurs !
J'ai confiance en vous !
– Si nous gagnons, ce sera
grâce à toi, répond Arthur.
Tu as été un bon entraîneur.

Que le meilleur gagne !

Mélanie se prépare. Elle se place sur la piste. Elle attend le signal du départ.

Bang ! C'est parti !

– Comme elle court vite ! dit Arthur.

Elle est à la troisième place, puis à la deuxième…

– Allez, Mélanie, tu peux y arriver ! crie Gafi.

Bravo ! Mélanie a gagné ! Gafi vole l'embrasser.

Gafi aux jeux Olympiques

Arthur va maintenant lancer
le marteau. C'est une grosse boule
attachée à une corde.
– Ouh la la, ça paraît lourd !
dit Mélanie.

Arthur essaye de lancer le marteau le plus loin possible. Il tourne et s'élance. Mais le marteau l'entraîne avec lui! Il s'envole!
– Ne t'inquiète pas! Tu as le droit d'essayer encore deux fois! crie Gafi.

Gafi aux jeux Olympiques

Gafi accompagne maintenant Rachid pour le saut en hauteur. Rachid fait quelques pas. Il bondit et atterrit sur le gros tapis.
– Oh, il a touché la barre ! Si elle tombe, il est éliminé, s'inquiète Mélanie.

Mais la barre reste à sa place. Rachid est heureux. Il a battu son record ! Gafi est très fier !

Dans le grand gymnase, Pascale
se présente devant le public.
– Comme elle est belle dans sa tenue!
s'exclame Gafi.

Pascale monte sur une poutre
très étroite. Elle marche dessus
en se tenant bien droit. Elle fait même
toutes sortes de pirouettes!

Gafi aux jeux Olympiques

Plus qu'une dernière et…
– Son pied a glissé. Elle est tombée !
crie Arthur.
– J'espère qu'elle ne s'est pas fait mal,
dit Mélanie.

Pauvre Pascale ! Elle ne sera pas
championne ! Gafi la console :
– L'important, ce n'est pas de gagner
mais de participer !

Heureusement, Gafi est là !

C'est le moment de donner
des médailles aux meilleurs sportifs.
Le drapeau des Jeux Olympiques
flotte au vent.
– Pourquoi y a-t-il cinq cercles
sur le drapeau ? demande Pascale.
– Parce que les athlètes viennent
des cinq continents de la Terre,
explique Gafi.

Gafi aux jeux Olympiques

La musique retentit. Les champions
vont monter sur le podium.
Mélanie se place sur la plus haute

marche pour recevoir la médaille d'or.
Elle essuie une larme de joie.
Gafi aussi !

Rachid, lui, est arrivé deuxième
au concours de saut en hauteur.
Il reçoit la médaille d'argent.
Arthur et Pascale n'ont pas gagné,
mais ils sont heureux pour leurs amis.

Gafi aux jeux Olympiques

Mélanie les appelle pour la photo.
Gafi se met au milieu d'eux.
– Quand on est une équipe,
on partage tout!
– Gafi, nous avons une surprise
pour toi! disent les enfants.

– Une médaille en chocolat !
C'est la médaille que je préfère,
déclare Gafi avec gourmandise.
Vive les Jeux Olympiques !

c'est fini !

Certains mots sont peut-être difficiles à comprendre. Je vais t'aider !

Défiler : marcher en rang.

Compétition : épreuve sportive dans laquelle on cherche à gagner.

Record : meilleur résultat obtenu par un sportif.

Continent : grande étendue de terre comprise entre deux océans, par exemple l'Afrique.

As-tu aimé mon histoire ? Jouons ensemble, maintenant !

Plus vite...

Pour découvrir l'univers des jeux olympiques, enlève le mot « jeu » des phrases suivantes :

LES PREMIÈRES OLYMPIADES MODERNES ONT EU LIEU À JEUATHÈNESJEU EN JEU 1896JEU.

LES JEUX JEUPARALYMPIQUESJEU RÉUNISSENT DES SPORTIFS QUI ONT UN JEUHANDICAPJEU JEUPHYSIQUEJEU OU JEUVISUELJEU.

LES JEUX OLYMPIQUES ONT LIEU TOUS LES JEUQUATREJEU JEUANSJEU.

LA JEUFLAMMEJEU DES JEUX OLYMPIQUES EST ALLUMÉE À JEUOLYMPIEJEU EN GRÈCE.

réponse : les premières olympiades modernes ont eu lieu à Athènes en 1896 ; les jeux paralympiques réunissent des sportifs qui ont un handicap physique ou visuel ; les jeux olympiques ont lieu tous les quatre ans ; la flamme des jeux olympiques est allumée à Olympie en Grèce.

Plus haut...

Trouve le nom de ces sports, qui sont pratiqué pendant les jeux Olympiques d'été, sachant que A= 🔴 ; E= ⚪ ; I= 🟢 ; O= 🔵 ; U= ⚫.

E QU I T A T I O N

A V I R O N

B A DM I NT O N

E SCR I M E

T I R A L'ARC

réponse : les sports sont l'équitation, l'aviron, le badminton, l'escrime et le tir à l'arc.

Joue avec Gafi

Plus fort !

Gafi court le marathon : plus de 42 km ! Aide-le à regagner l'arrivée. S'il a soif, il peut ramasser les bouteilles d'eau.

Mais il doit éviter les peaux de bananes !

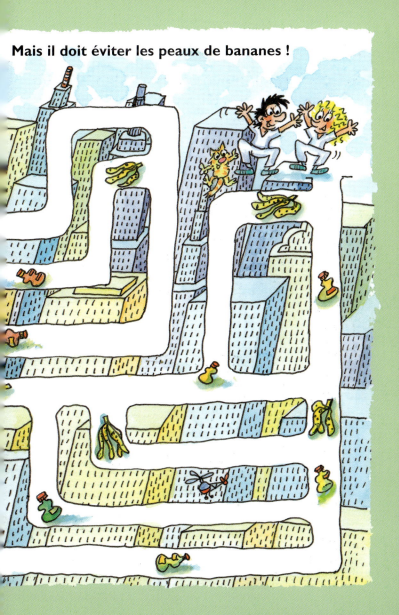

Dans la même collection
Illustrée par Mérel

Je commence à lire

1- *Qui a fait le coup?* Didier Jean et Zad • 2- *Quelle nuit!* Didier Lévy • 3- *Une sorcière dans la boutique*, Mymi Doinet • 4- *Drôle de marché!* Ann Rocard • 15- *Bon anniversaire, Gafi!* Arturo Blum • 16- *La fête de la maîtresse*, Fanny Joly • 23- *Gafi et le magicien*, Arturo Blum • 24- *Le robot amoureux*, Stéphane Descornes • 29- *Une drôle de robe!* Elsa Devernois • 30- *Pagaille chez le vétérinaire*, Stéphane Descornes • 35- *Le nouvel élève*, Anne Ferrier • 36- *Le visiteur de l'espace*, Stéphane Descornes • 41- *Le ballon magique*, Stéphane Descornes • 42- *SOS, dauphin!* Anne Ferrier • 45- *Safari en folie!* Stéphane Descornes

Je lis

5- *Gafi a disparu*, Didier Lévy • 6- *Panique au cirque!* Mymi Doinet • 7- *Une séance de cinéma animée*, Ann Rocard • 13- *Le château hanté*, Stéphane Descornes • 19- *Mystère et boule de neige*, Mymi Doinet • 20- *Le voleur de bonbons*, Didier Jean et Zad • 26- *Qui a mangé les crêpes?* Anne Ferrier • 31- *Le passager mystérieux*, Françoise Bobe • 32- *Un fantôme à New York*, Didier Lévy • 37- *Des clowns à l'hôpital*, Françoise Bobe • 38- *Gafi, star de cinéma!* Didier Lévy • 43- *Le chat du pharaon*, Mymi Doinet • 44- *En route pour l'espace!* Stéphane Descornes • 45- *Gafi aux Jeux Olympiques*, Danièle Fossette

Je lis tout seul

9- *L'Ogre qui dévore les livres*, Mymi Doinet • 10- *Un étrange voyage*, Ann Rocard • 11- *La photo de classe*, Didier Jean et Zad • 12- *Repas magique à la cantine*, Didier Lévy • 17- *La course folle*, Elsa Devernois • 18- *Sauvons Pacha!* Laurence Gillot • 21- *Bienvenue à bord!* Ann Rocard • 22- *Gafi et le chevalier Grocosto*, Didier Lévy • 27- *Qui a kidnappé la Joconde?* Mymi Doinet • 28- *Grands frissons à la ferme!* Didier Jean et Zad • 33- *Les chocolats ensorcelés*, Mymi Doinet • 34- *Au bal costumé*, Laurence Gillot • 39- *Mélanie la pirate*, Stéphane Descornes • 40- *Sous les étoiles*, Elsa Devernois

Directeur de collection et conseil pédagogique :
Alain Bentolila
Jeux conçus par Georges Rémond

© Éditions Nathan (Paris-France), 2012
Loi n°49956 du 16 juillet 1949
sur les publications destinées à la jeunesse
ISBN 978-2-09-253637-7
N° éditeur : 10179446 - Dépôt légal : janvier 2012
Imprimé en France par Loire Offset Titoulet